狮子用他的大爪抓住老鼠，怒吼着说：

shī zǐ yòng tā de dà zhǎo zhuā zhù lǎo shǔ, nù hǒu zhe shuō,

「你胆敢弄醒我！你难道不知道我是

nǐ dǎn gǎn nòng xǐng wǒ! nǐ nán dào bù zhī dào wǒ shì

万兽之王吗？我会吃了你的！」

wàn shòu zhī wáng má? wǒ huì chī liǎo nǐ de!

The lion grabbed the mouse and, holding him in his large claws, roared in anger: "How dare you wake me up! Don't you know that I am the King of the Beasts? And I shall eat you!"

狮子与老鼠
shī zǐ yǔ lǎo shǔ

伊索寓言
yī suǒ yù yán

The Lion and the Mouse
an Aesop's Fable

Jan Ormerod

Simplified Chinese with Pinyin translation by Sylvia Denham

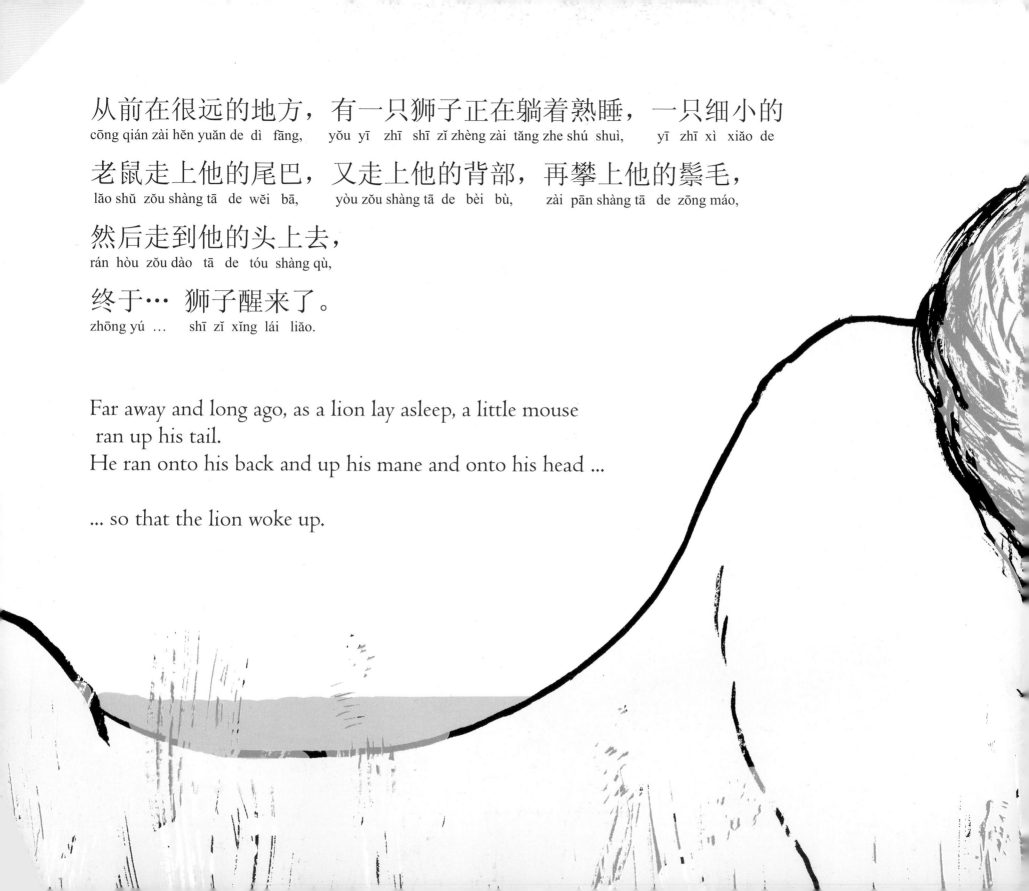

从前在很远的地方， 有一只狮子正在躺着熟睡， 一只细小的
cōng qián zài hěn yuǎn de dì fāng, yǒu yī zhī shī zǐ zhèng zài tǎng zhe shú shuì, yī zhī xì xiǎo de

老鼠走上他的尾巴， 又走上他的背部， 再攀上他的鬃毛，
lǎo shǔ zǒu shàng tā de wěi bā, yòu zǒu shàng tā de bèi bù, zài pān shàng tā de zōng máo,

然后走到他的头上去，
rán hòu zǒu dào tā de tóu shàng qù,

终于··· 狮子醒来了。
zhōng yú ... shī zǐ xǐng lái liǎo.

Far away and long ago, as a lion lay asleep, a little mouse
ran up his tail.
He ran onto his back and up his mane and onto his head ...

... so that the lion woke up.

老鼠恳求狮子放了他，「请不要吃我，兽王陛下！请放了我，
lǎo shǔ kěn qiú shī zǐ fàng liǎo tā, qǐng bù yāo chī wǒ, shòu wáng bì xià！ qǐng fàng liǎo wǒ,

我答应永远是你的朋友，也许有一天我会救你一命。」
wǒ dá yīng yǒng yuǎn shì nǐ de péng you, yě xǔ yǒu yī tiān wǒ huì jiù nǐ yī mìng.

The mouse begged the lion to let him go. "Please don't eat me Your Majesty! Please let me go - and I promise I will be your friend forever. Who knows, one day I might even save your life."

狮子看看细小的老鼠，突然大笑起来，「*你 救我 的命？*
shī zǐ kān kān xì xiǎo de lǎo shǔ,　tū rán dà xiào qǐ lái,　　*nǐ jiù wǒ de mìng?*

真荒谬！不过你令我开心大笑，我就放你走吧。」
zhēn huāng miù! bù guò nǐ lìng wǒ kāi xīn dà xiào,　wǒ jiù fàng nǐ zǒu bā.

于是狮子打开他的爪，让老鼠重获自由。
yú shì shī zǐ dǎ kāi tā de zhǎo,　ràng lǎo shǔ chóng huò zì yóu.

The lion looked at the tiny mouse and burst out laughing. "*You* save *my* life?
What a silly idea! But you have made me laugh and put me into a good mood.
So I shall let you go."
And the lion opened his claws and set the mouse free.

过了只不过几天之后，狮子陷入猎人的网内，即使他有庞大的
guò liǎo zhǐ bù guò jǐ tiān zhì hòu, shī zǐ xiàn rù liē rén de wǎng nèi, jí shǐ tā yǒu páng dà de

身躯和力气也不能脱身，他怒吼一声，震撼地面。
shēn qū hé lì qi yě bù néng tuō shēn, tā nù hǒu yī shēng, zhèn hàn dì miàn.

It was only a few days later that the lion was trapped by a hunter's net.
Even with all his size and strength he could not break free.
He let out a roar of rage that shook the earth.

所有的动物都听到他的嚎叫…
Suǒ yǒu de dòng wù dōu tīng dào tā de háo jiào …

All the animals heard his cry …

但是只有一只老鼠走向狮子吼叫的方向， 「我会帮你，兽王陛下，」
dàn shì zhǐ yǒu yī zhī lǎo shǔ zǒu xiàng shī zǐ hǒu jiào de fāng xiàng, wǒ huì bāng ni, shòu wáng bi xià,

老鼠说， 「你放了我，没有吃我，我现在便是你一生一世的朋友和救星。」
lǎo shǔ shuō, nǐ fàng liǎo wǒ, méi yǒu chī wǒ, wǒ xiàn zài biàn shì nǐ yī shēng yī shì de péng yǒu hé jiù xīng.

but only the tiny mouse ran in the direction of the lion's roar. "I will help you, Your Majesty," said the mouse. "You let me go and did not eat me. So now I am your friend and helper for life."

他立即开始咬捆着狮子的网绳。
tā lì jí kāi shǐ yǎo kǔn zhe shī zǐ de wǎng shéng.

He immediately began gnawing at the ropes that bound the lion.

那细小的老鼠一口一口的咬到日落，

nà xì xiǎo de lǎo shǔ yī kǒu yī kǒu de yǎo dào rì luò,

然后又一口一口的咬到月亮和星星在天空出现，

rán hòu yòu yī kǒu yī kǒu de yǎo dào yuè liàng hé xīng xīng zài tiān kōng chū xiàn.

最后在黎明之前，万兽之王终于脱身了。

zuì hòu zài lí míng zhī qián, wàn shòu zhī wáng zhōng yú tuō shēn liǎo.

The tiny mouse nibbled until the sun went down.
He gnawed as the moon and stars appeared in the sky.
Finally, just before the sun rose again,
the King of the Beasts was free at last.

「兽王陛下，我没有说错吧？」小老鼠说，「这次是我帮了你。」
shòu wáng bì xià,　　wǒ méi yǒu shuō cuò bā?　　xiǎo lǎo shǔ shuō,　　zhè cì shì wǒ bāng liǎo nǐ."

狮子现在不再讥笑小老鼠了，他说：「我以前不相信你会对我有何
shī zǐ xiàn zài bù zài jī xiào xiǎo lǎo shǔ liǎo,　　tā shuō,　　wǒ yǐ qián bù xiāng xìn nǐ huì duì wǒ yǒu hé

帮助，但是今天你却救了我的命。」
bāng zhù,　　dàn shì jīn tiān nǐ què jiù liǎo wǒ de mìng.

"Was I not right, Your Majesty?" said the little mouse.
"It was my turn to help you."
The lion did not laugh at the little mouse now,
but said, "I did not believe that you could be
of use to me, little mouse, but today
you saved my life."

Teacher's Notes

The Lion and the Mouse

Read the story. Explain that we can write our own fable by changing the characters.

Discuss the different animals you could use, for instance would a dog rescue a cat? What kind of situation could they be in that a dog might rescue a cat?

Write an example together as a class, then, give the children the opportunity to write their own fable. Children who need support could be provided with a writing frame.

As a whole class play a clapping, rhythm game on various words in the text working out how many syllables they have.

Get the children to imagine that they are the lion. They are so happy that the mouse rescued them that they want to have a party to say thank you. Who would they invite? What kind of food might they serve? Get the children to draw the different foods or if they are older to plan their own menu.

The Hare's Revenge

Many countries have versions of this story including India, Tibet and Sri Lanka. Look at a map and show the children the countries.

Look at the pictures with the children and compare the countries that the lions live in – one is an arid desert area and the other is the lush green countryside of Malaysia.

Children can write their own fables by changing the setting of this story. Think about what kinds of animals you would find in a different setting. For example, how about 'The Hedgehog's Revenge', starring a hedgehog and a fox, living near a farm.

The hare thinks the lion is a bully and that he always gets others to do things for him. Discuss with the children different ways that the lion could be stopped from bullying. The children could role play different ways of dealing with the bullying lion.

野兔的报复
yě tù de bào fù

马来西亚寓言
Mǎ lái xī yà yù yán

The Hare's Revenge
A Malaysian Fable

一只野兔与一只狮子是邻居。
yī zhī yě tù yǔ yī zī shī zǐ shì lín jū.

「我是森林之王，」狮子夸耀着说，「我又强壮又勇敢，谁都不会挑战我。」
wǒ shì sēn lín zhī wáng, shī zǐ kuā yào zhe shuō, wǒ yòu qiáng zhuàng yòu yǒng gǎn, shuí dōu bù huì tiāo zhàn wǒ.

「是，陛下，」野兔战战兢兢地细声回答。狮子跟着便大吼，
shì, bì xià, yě tù zhàn zhàn jīng jīng dì xì shēng húi dā. shī zǐ gēn zhe biàn dá hǒu,

直到野兔的耳朵疼痛，他又会发怒，直至野兔感到极之不快。
zhí dào yě tù de ěr duo téng tòng, tā yòu huì fā nù, zhí zhì yě tù gǎn dào jí zhī bù kuài.

A hare and a lion were neighbours.
"I am the King of the Woods," the lion would boast.
"I am strong and brave and no one can challenge me."
"Yes Your Majesty," the hare would reply in a small, frightened voice. Then the lion would roar until the hare's ears hurt, and he would rage until the hare felt very unhappy.

最后，野兔想：「我受够了！那只狮子又霸道又愚蠢，我一定要报复。」
zuì hòu, yě tù xiǎng, wǒ shòu gòu liǎo! nà zhī shī zǐ yòu bà dao yòu yú chǔn, wǒ yī dìng yāo bào fù.

于是她去跟狮子说：「你好，陛下，我遇到一只狮子，
yú shì tā qù gēn shī zǐ shuō, nǐ hào, bì xià, wǒ yù dào yī zhī shī zǐ,

长得跟你一模一样，这只狮子说他是这个森林之王，
zhǎng de gēn nǐ yī mú yī yàng, zhè zhī shī zǐ shuō tā shì zhè gè sēn lín zhī wáng,

并说谁向他挑战都会被他打走。」
bìng shuō shuí xiāng tā tiǎo zhàn dōu huì bèi tā dǎ zǒu."

Finally, the hare thought, "I can stand it no longer. That
lion is a bully and a fool and I must get my revenge."
So, she went to the lion and said, "Good day,
Your Majesty. I've met a lion who looks
exactly like you. This lion said HE
was the king of these woods and
that he would see off anyone
who challenged him."

「呵呵，」狮子说，「你没有向他提起*我*吗？」
hē hē, shī zǐ shuō, nǐ méi yǒu xiàng tā tí qǐ wǒ má?

「有，我说过，」野兔答道，「但是最好还是不提的好，
yǒu, wǒ shuō guò, yě tù dā dào, dàn shì zuì hào hái shì bù tí de hào,

当我描述你是如何的强壮的时候，他只是冷笑，
dāng wǒ miáo shù nǐ shì rú hé de qiáng zhuàng de shí hòu, tā zhǐ shì lěng xiào,

还说了一些不堪入耳的说话，他还说*你*做他的仆人也不配！」
hái shuō liǎo yī xiē bù kān rù ěr de shuō huà, tā hái shuō nǐ zuò tā de pú rén yě bù pèi!

"Oho," the lion said. "Didn't you mention *me* to him?"
"Yes, I did," the hare replied. "But it would have been better if I
hadn't. When I described how strong you were, he just sneered.
And he said some very rude things. He even said
that he wouldn't take *you* for his servant!"

狮子暴跳如雷，「他在那里？他在那里？」狮子吼叫道，
shī zǐ bào tiào rú léi, tā zài nà lǐ? tā zài nà lǐ? shī zǐ hǒu jiào dào,

「如果我找到那只狮子，我便教训他，让他知道谁才是这个森林之王。」
rú guǒ wǒ zhǎo dào nà zhī shī zǐ, wǒ biàn jiào xun tā, ràng tā zhī dào shuí cái shì zhè gè sēn lín zhī wáng.

「如果陛下喜欢的话，」野兔答道，「我带你去他躲藏的地方。」
rú guǒ bì xià xǐ huān de huà, yě tù dá dào, wǒ dài nǐ qù tā duǒ cáng de dì fāng.

The lion flew into a rage. "Where is he? Where is he? If I could find that lion," he roared, "I would soon teach him who is King of these Woods."
"If Your Majesty would like," answered the hare, "I could take you to his hiding place."

于是野兔带领狮子去一个深井，然后说道：「他就在下面。」
yú shì yě tù dài lǐng shī zǐ qù yī gè shēn jǐng, rán hòu shuō dào, tā jiù zài xià miàn.

So the hare took the lion to a deep well and said, "He is down there."

狮子怒目瞪眼的往井内看，那里有一只巨大凶猛的
shī zǐ nù mù dèng yǎn de wǎng jǐng nèi kān, nà lǐ yǒu yī zhī jù dà xiōng měng de

狮子怒目瞪眼的望着他。
shī zǐ nù mù dèng yǎn de wàng zhe tā.

狮子大吼，但井内却传来更大的吼叫回声。
shī zǐ dà hǒu, dàn jǐng nèi què chuán lái gèng dà de hǒu jiaò huí shēng.

The lion glared angrily into the well.
There, was a huge ferocious lion, glaring back at him.
The lion roared, and an even louder roar echoed up
from within the well.

狮子愤怒填胸，飞跃起来，
shī zǐ fèn nù tián xiōng, fēi yuè qǐ lái,

扑向井内凶猛的狮子。
pū xiàng jǐng nèi xiōng měng de shī zǐ.

Filled with rage the lion sprang into the air and
flung himself at the ferocious lion in the well.

他一直往下跌，直至再也见不到他为止。
tā yī zhí wǎng xià diē, zhí zhì zài yě jiàn bù dào tā wéi zhǔ.

Down and
       down and
              down he fell
                     never to be seen again.

那就是野兔如何报复的经过。

Nà jiù shì yě tù rú hé bào fù de jīng guò.

And that was how the hare had her revenge.